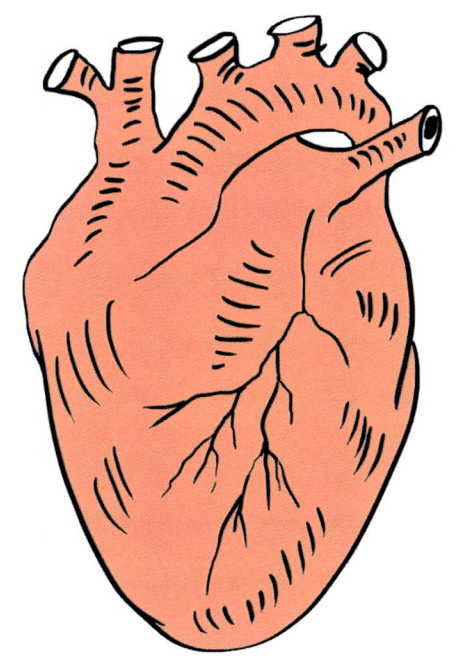

CB082810

Direção e curadoria   Fábia Alvim
Gestão editorial   Felipe Augusto Neves Silva
Diagramação   Luisa Marcelino
Revisão   Samuel Silva

Catalogação na publicação
Elaborada por Bibliotecária Janaina Ramos - CRB-8/9166

N561v
        Newton Cesar

        Vida / Newton Cesar. - São Paulo: Saíra Editorial, 2023.
        56 p., il.; 20 x 20 cm

        ISBN: 978-65-86236-44-6

        1. Literatura infantil. I. Newton Cesar. II. Título.

                                                    CDD 028.5

Índice para catálogo sistemático:
        1.   Literatura infantil 028.5

@sairaeditorial   /sairaeditorial

www.sairaeditorial.com.br

Rua Doutor Samuel Porto, 411
Vila da Saúde - 04054-010 - São Paulo, SP

VIDA

TEXTO E ILUSTRAÇÕES

NEWTON CESAR

Saíra EDITORIAL

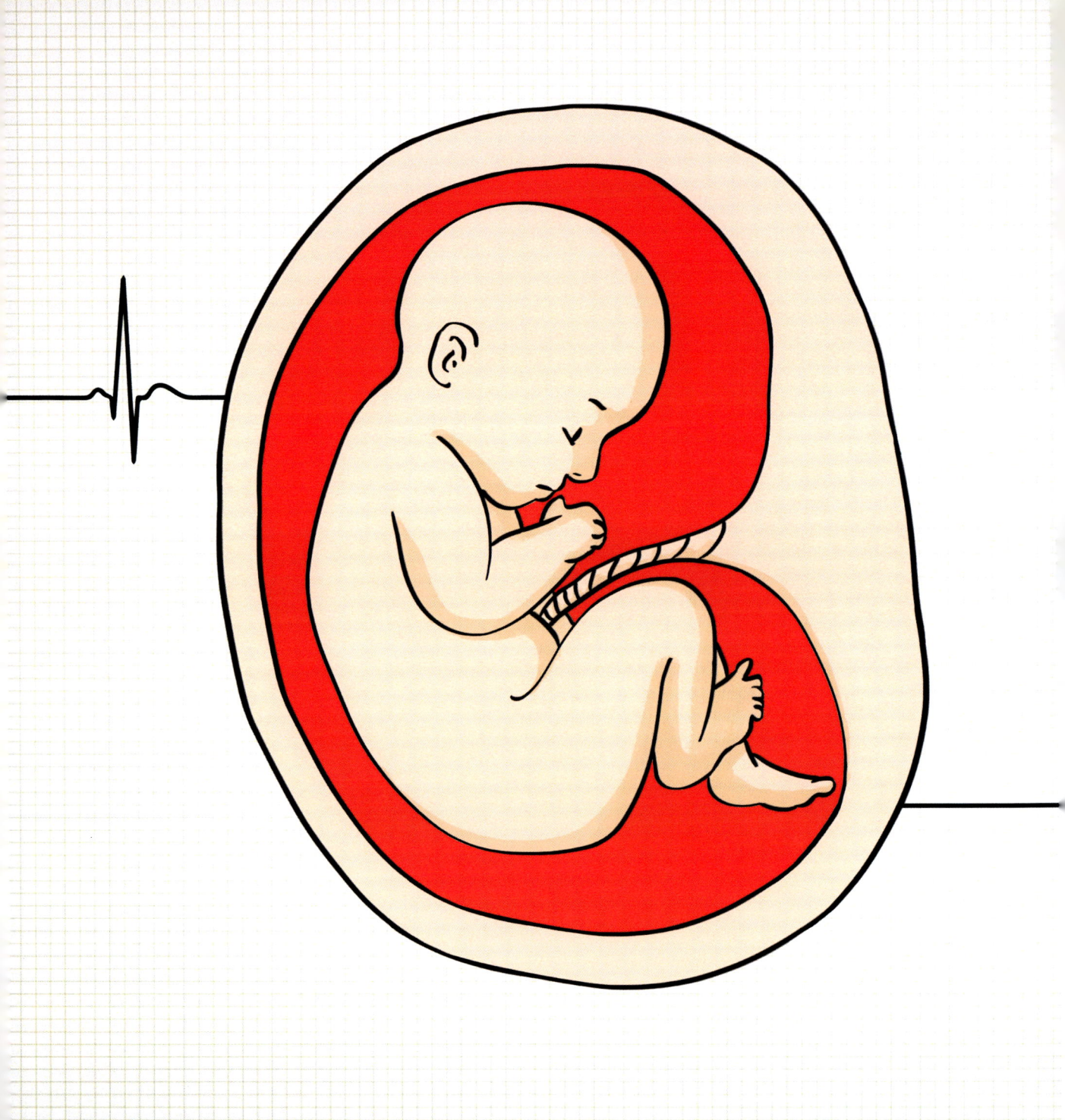

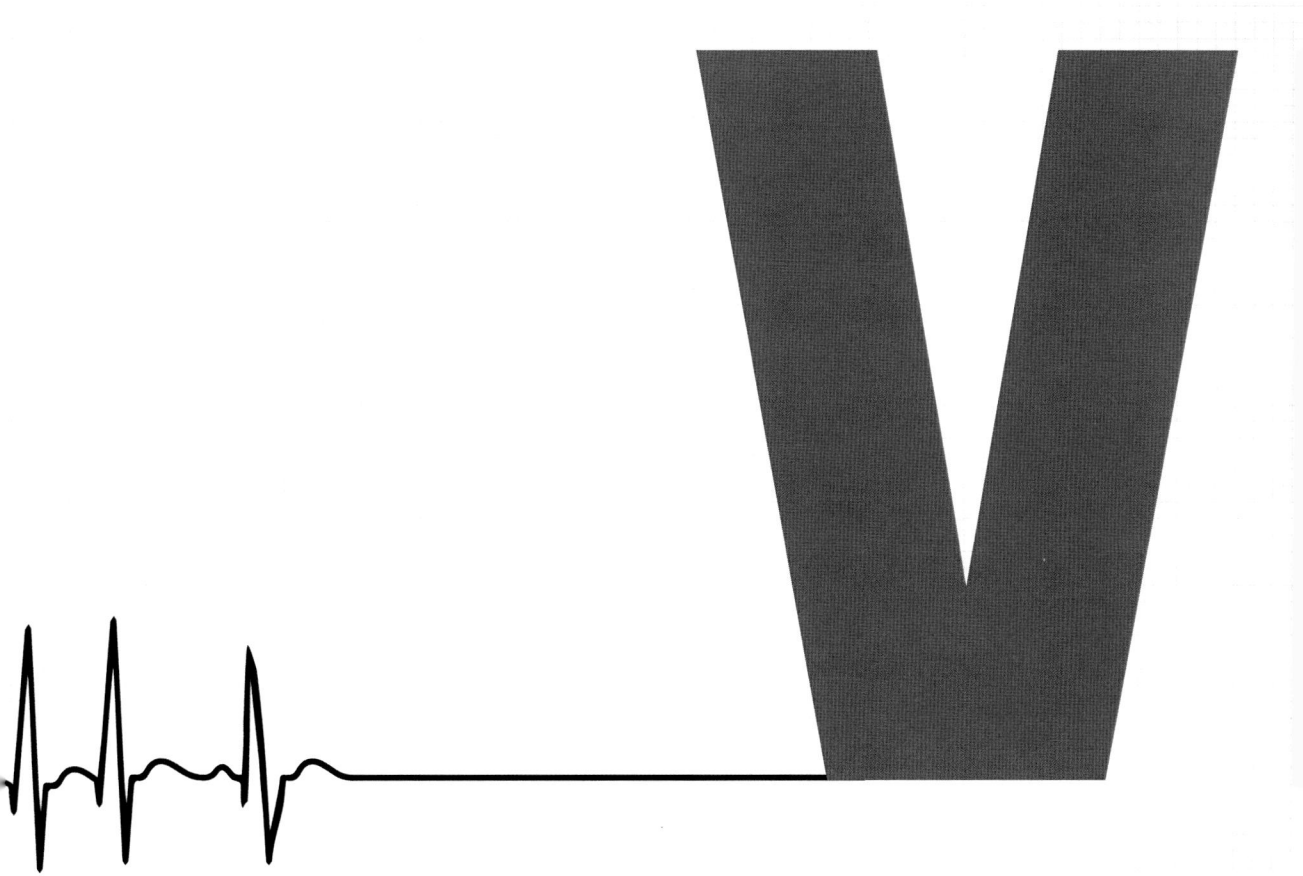

QUAL É O

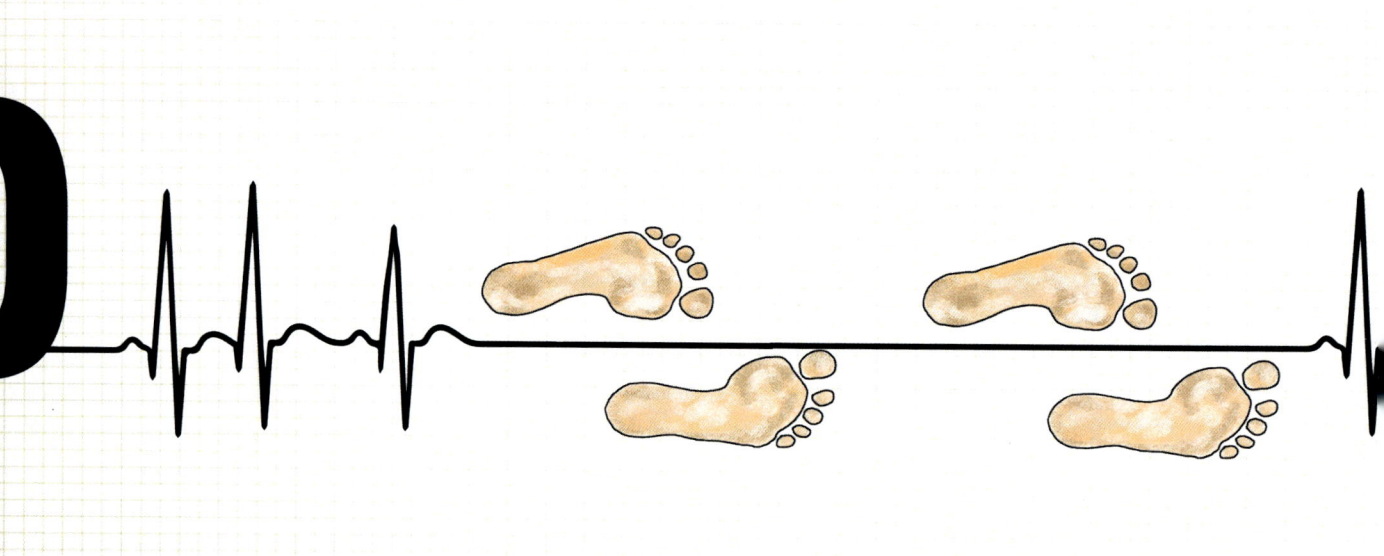

SENTIDO?

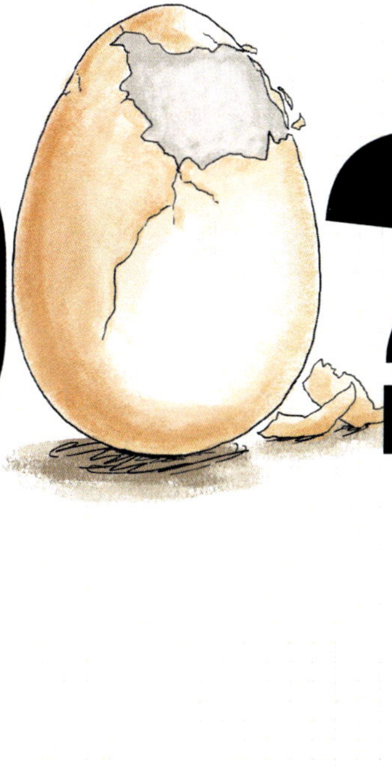

A VIDA PODE SER

UMA

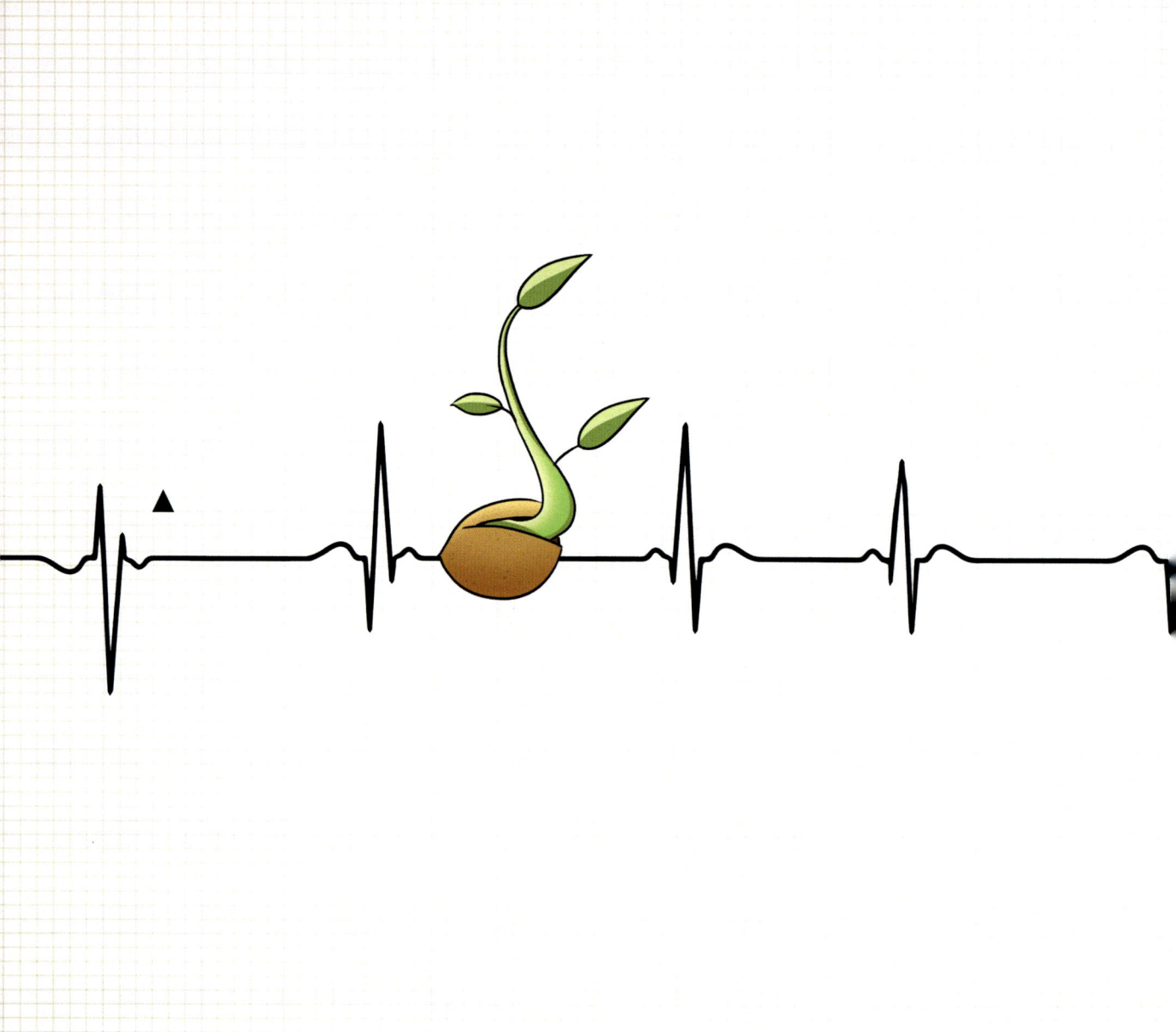

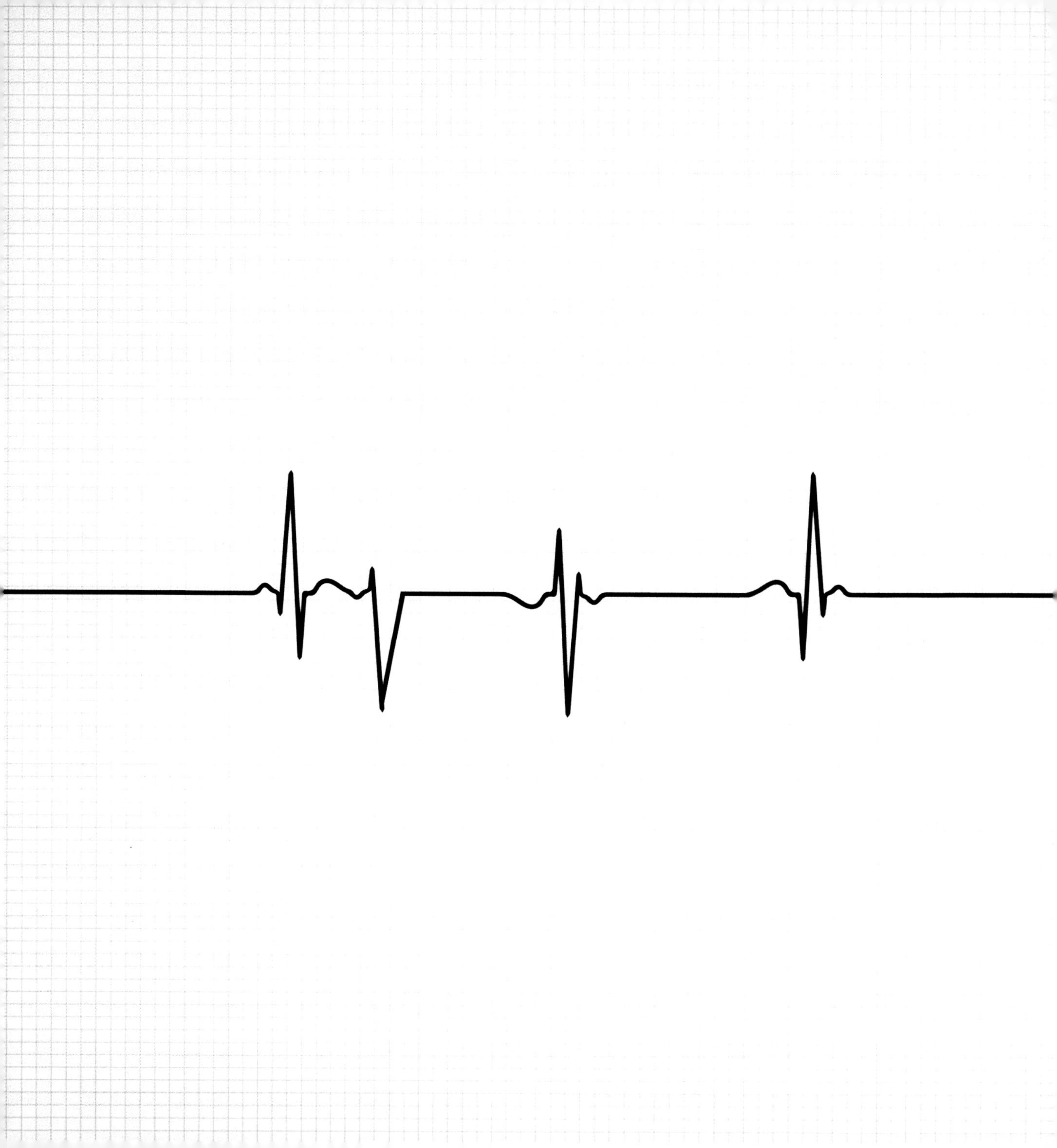

A VIDA PODE SER

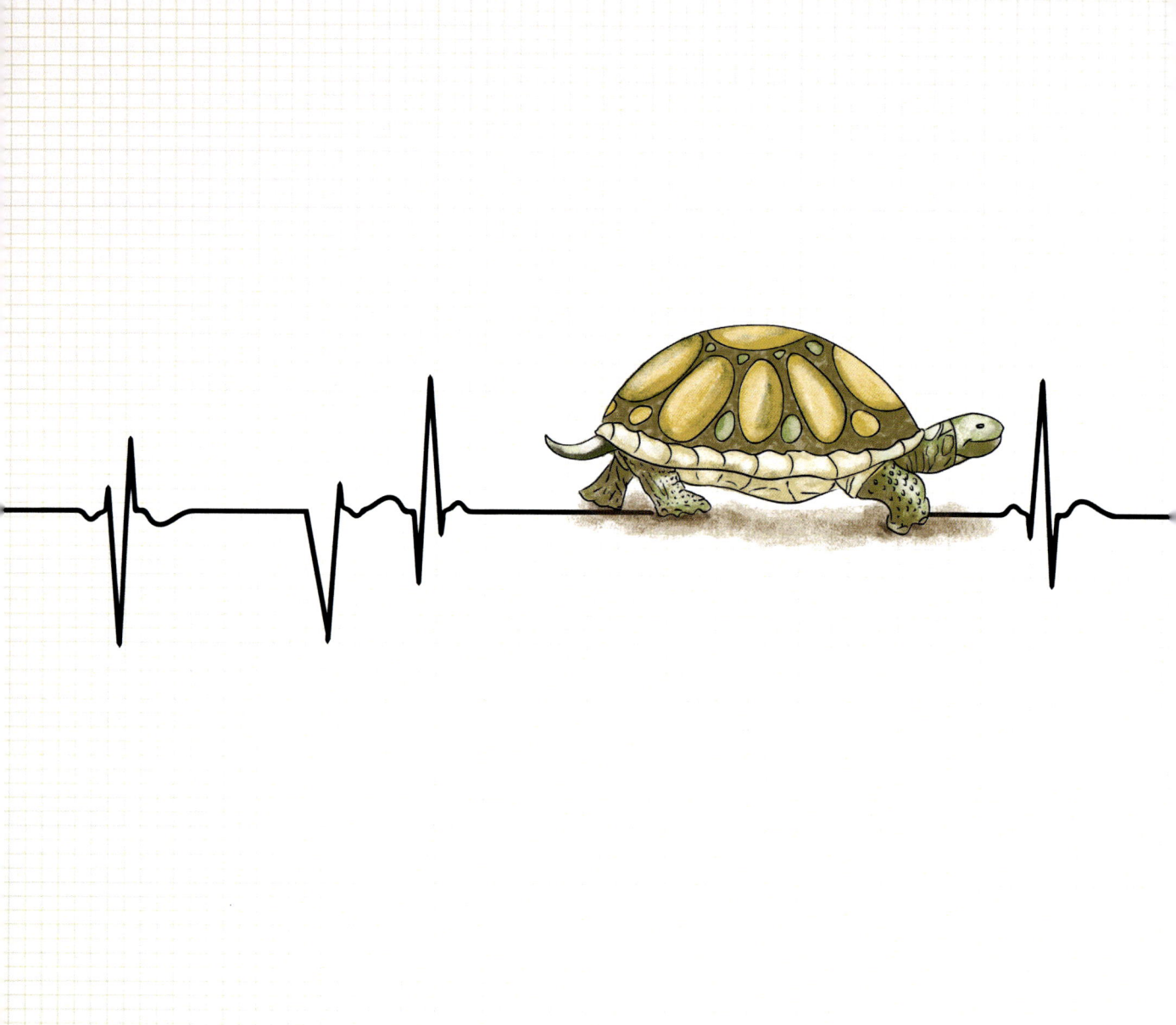

SER RÁPIDA?

OU TAMBÉM

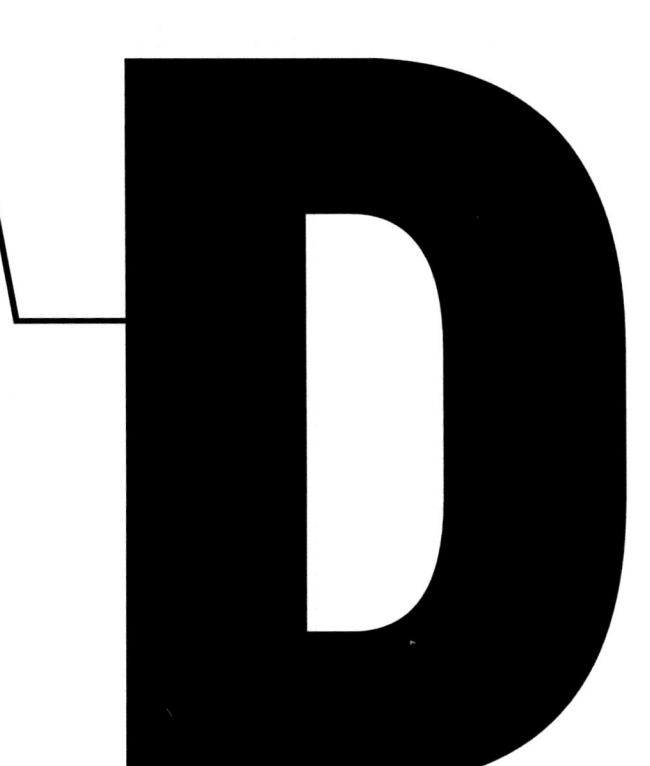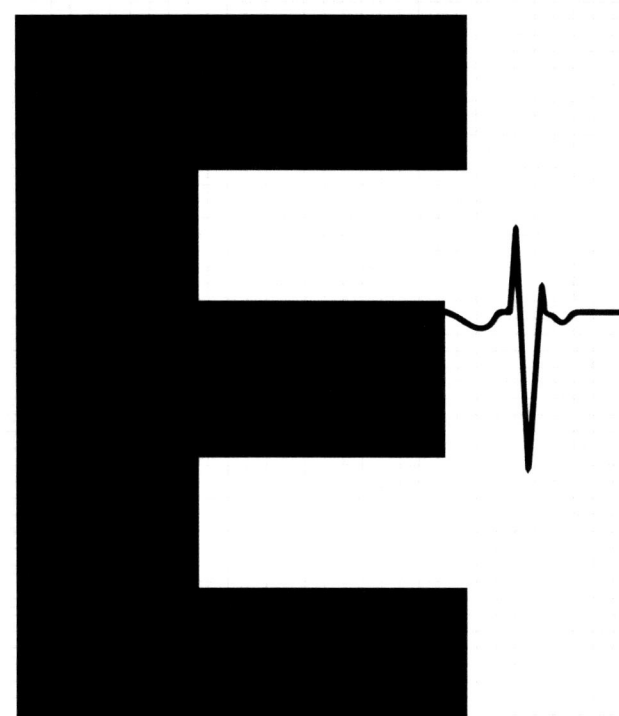

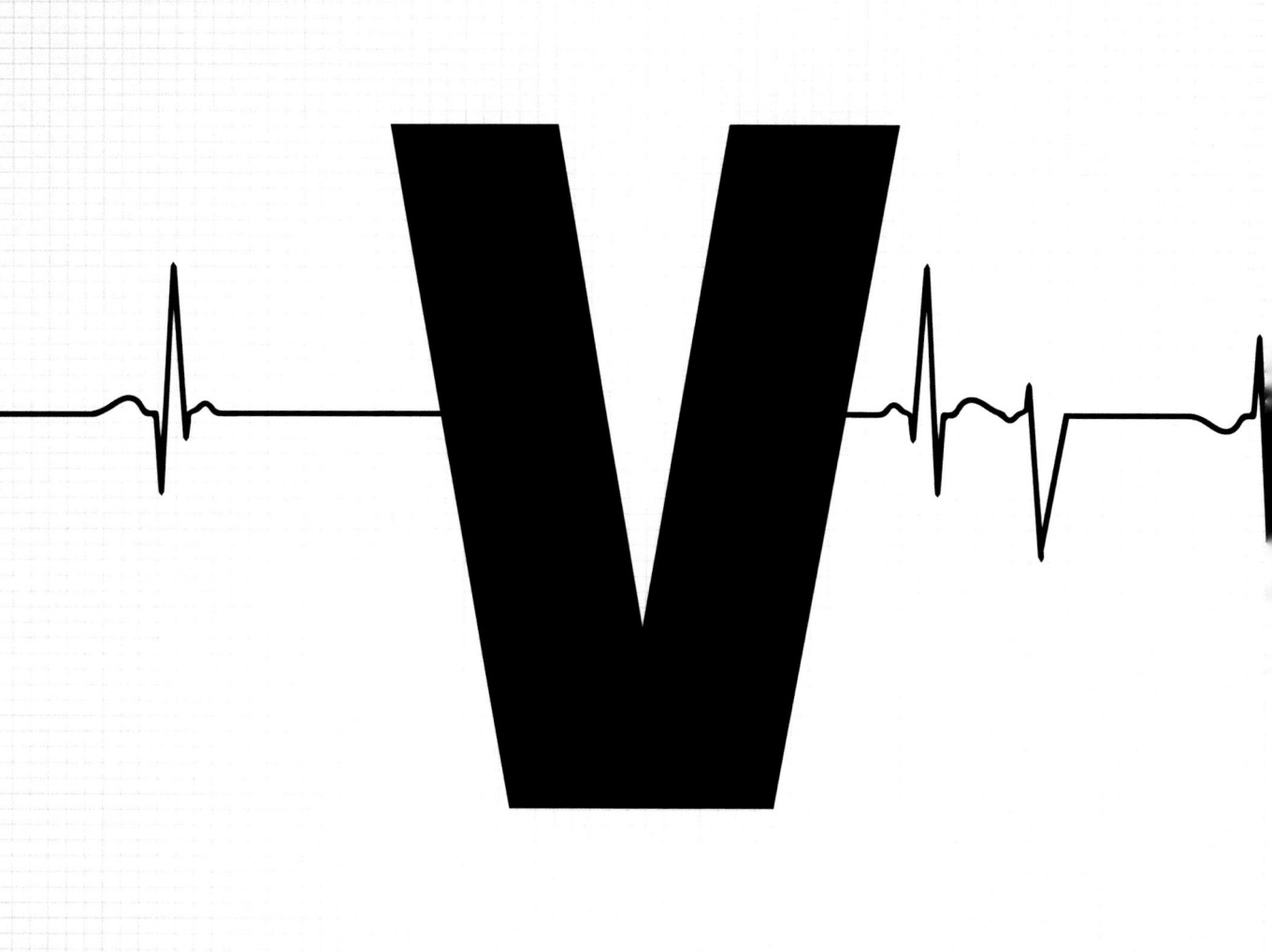

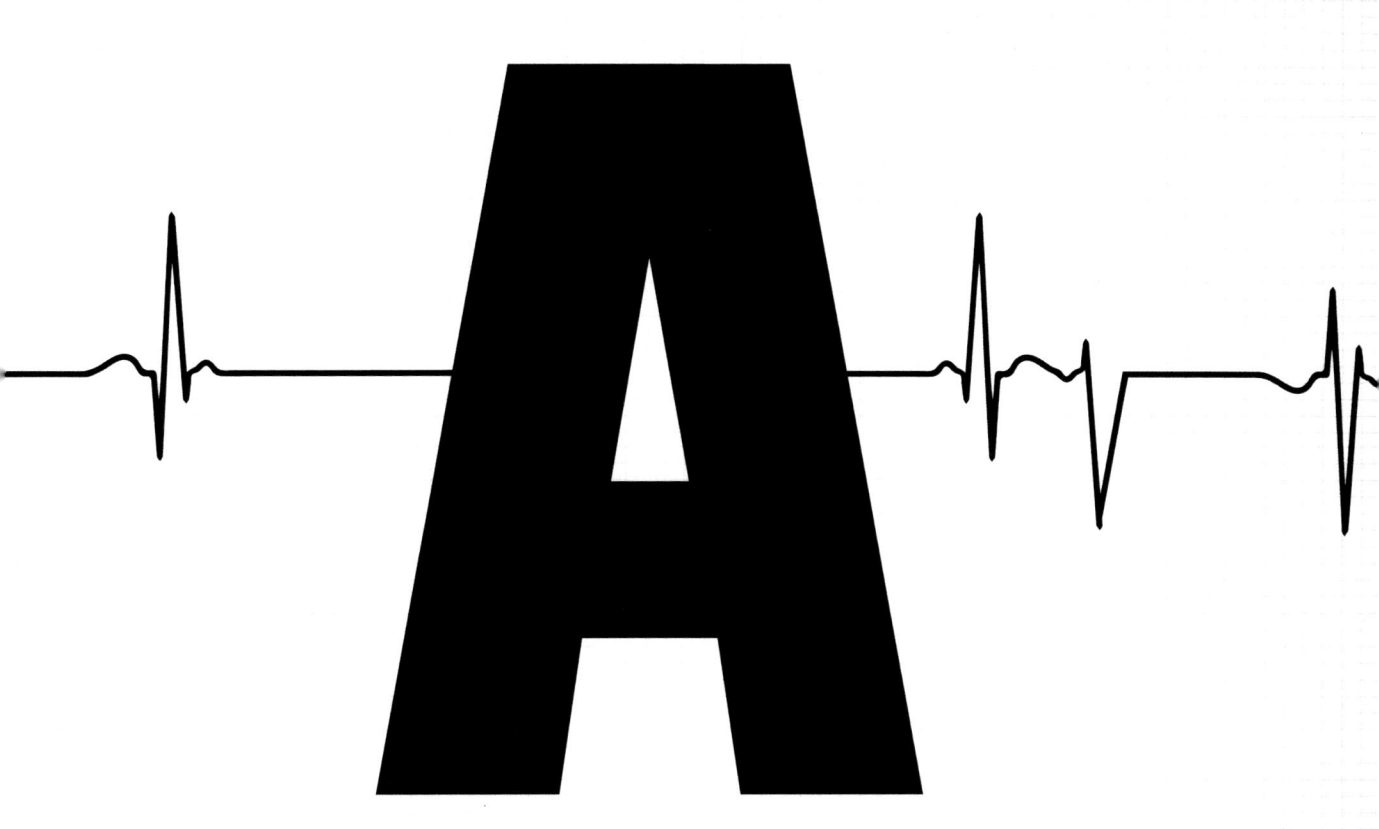

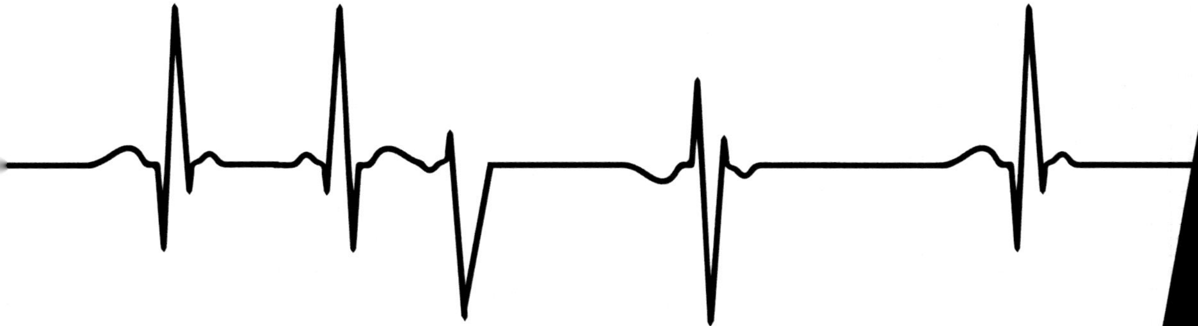

A VIDA PODE SER

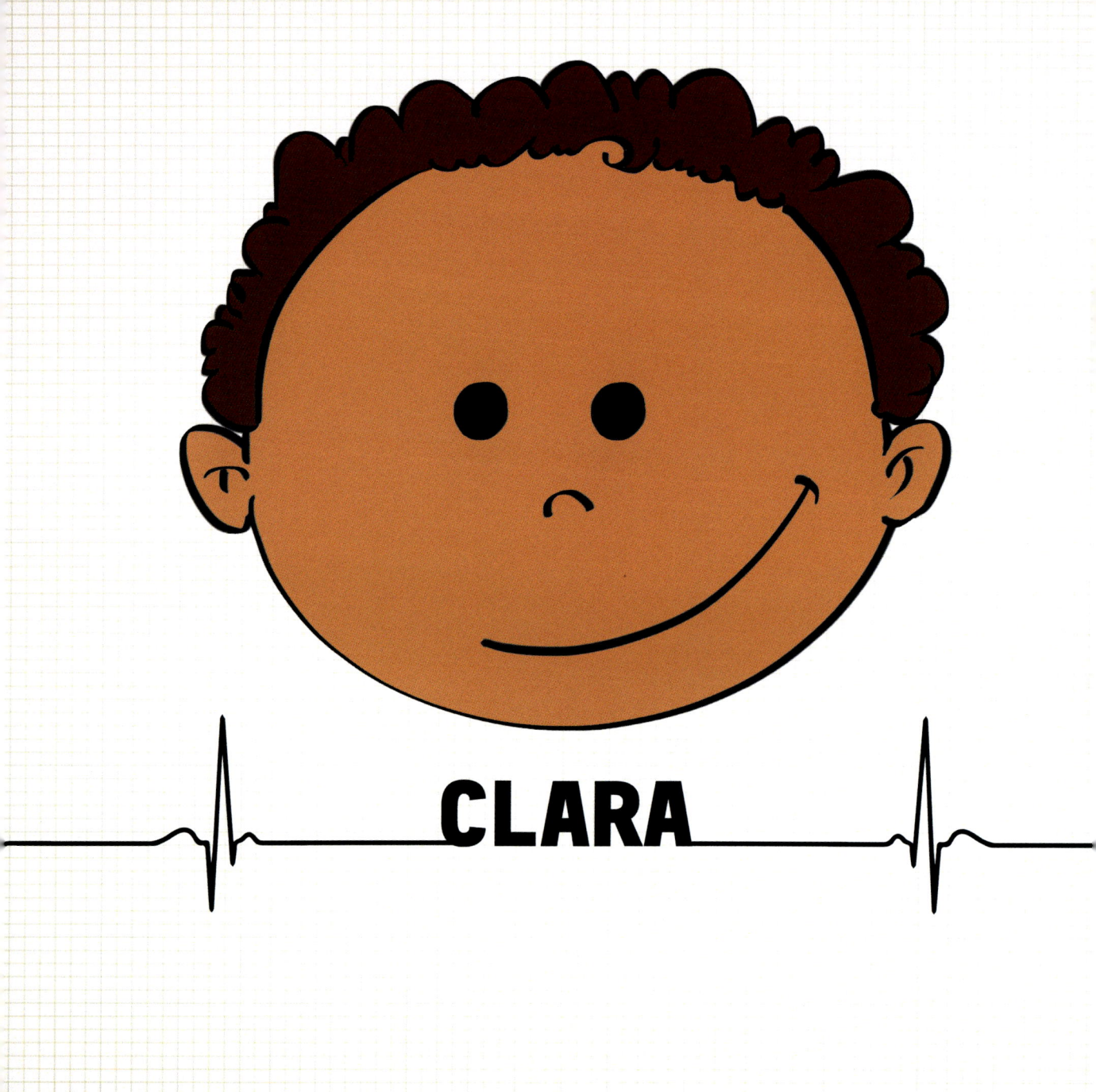

CLARA

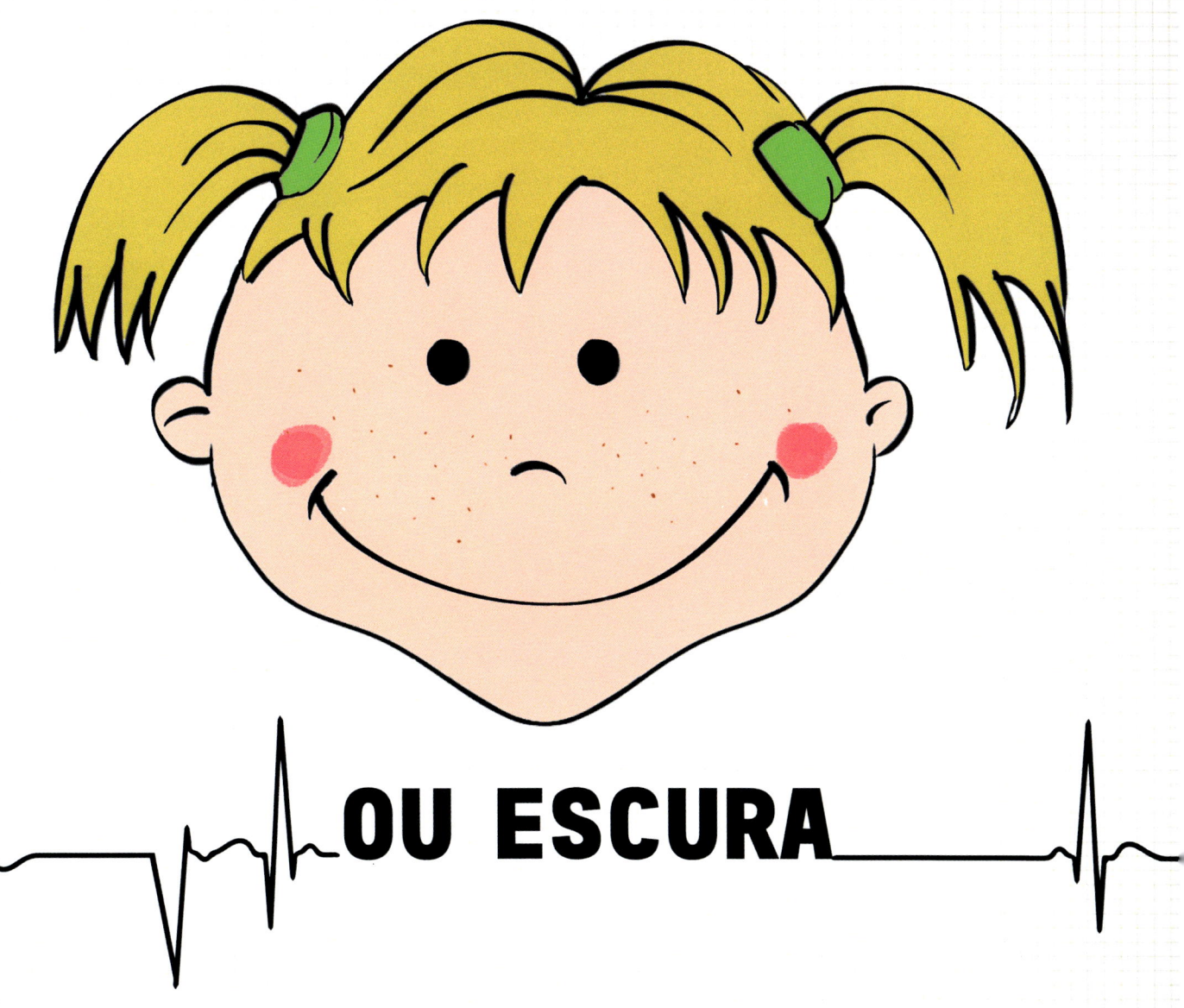

OU ESCURA

AMARELA

OU VERMELHA

PODE SER

NADA

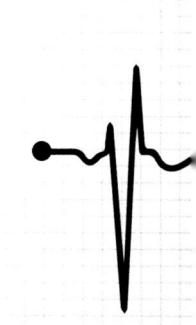

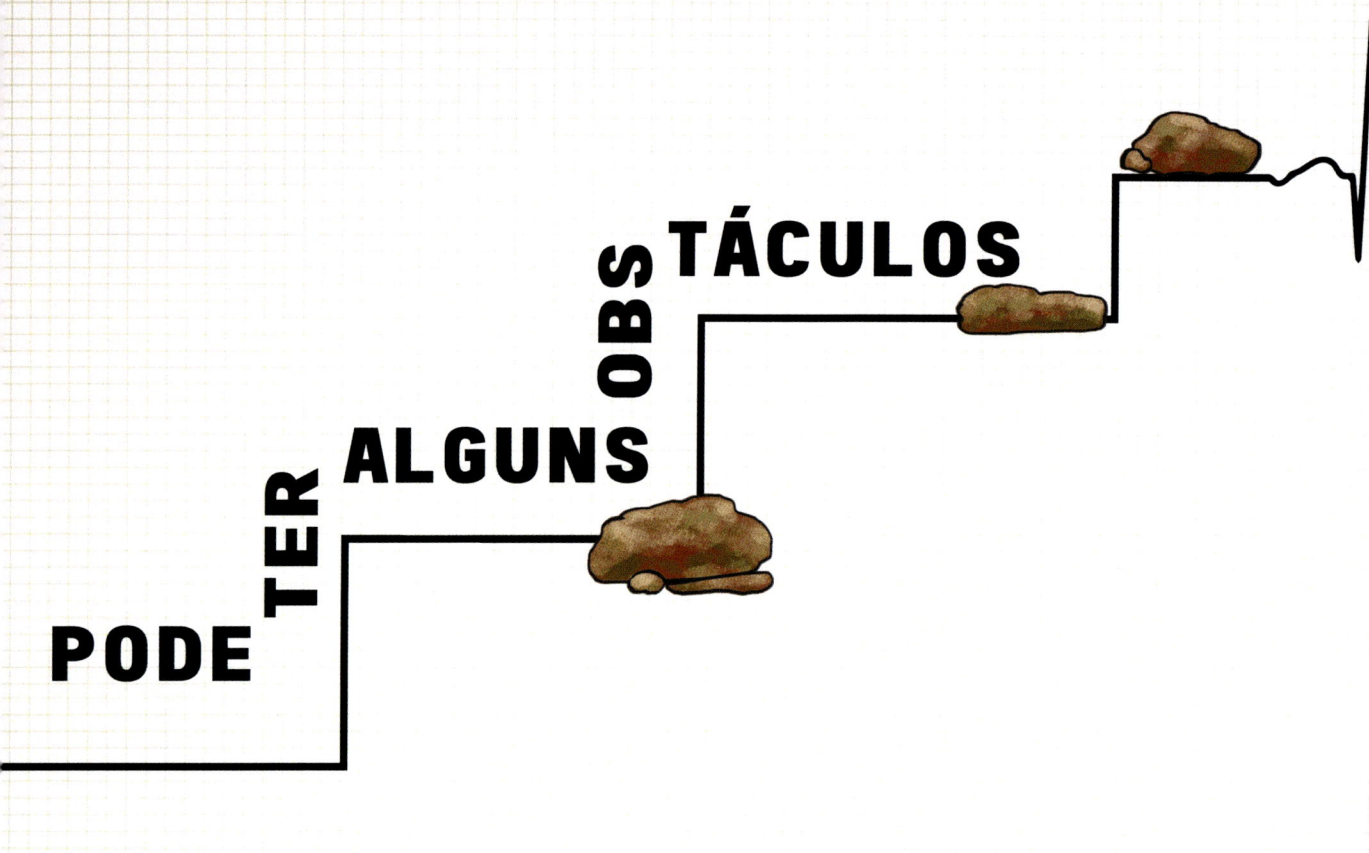

PODE TER ALGUNS OBSTÁCULOS

DE UNS PODEMOS DESVIAR

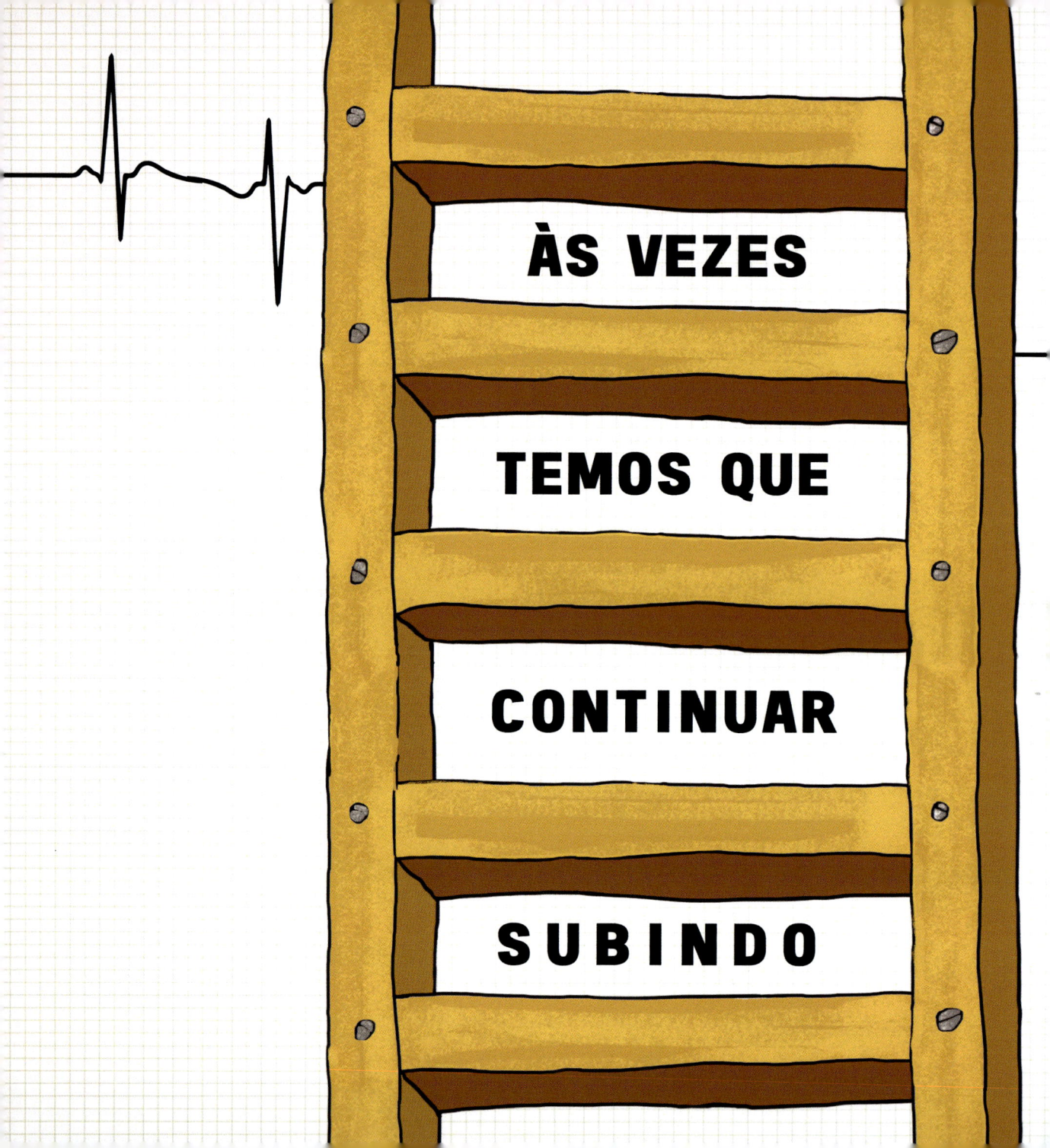

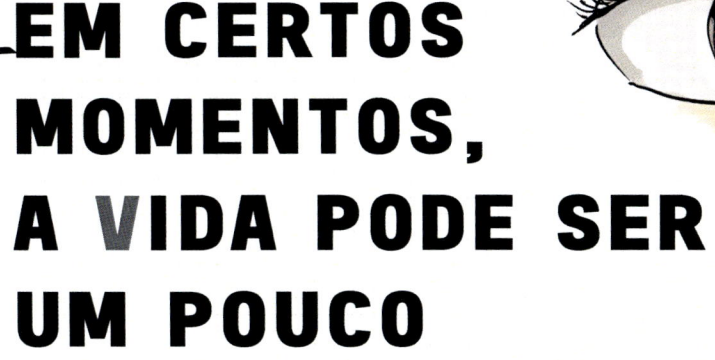

EM CERTOS MOMENTOS, A VIDA PODE SER UM POUCO

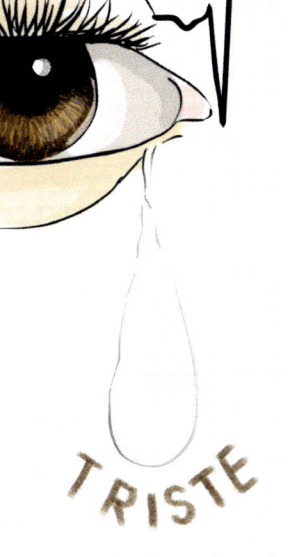

TRISTE

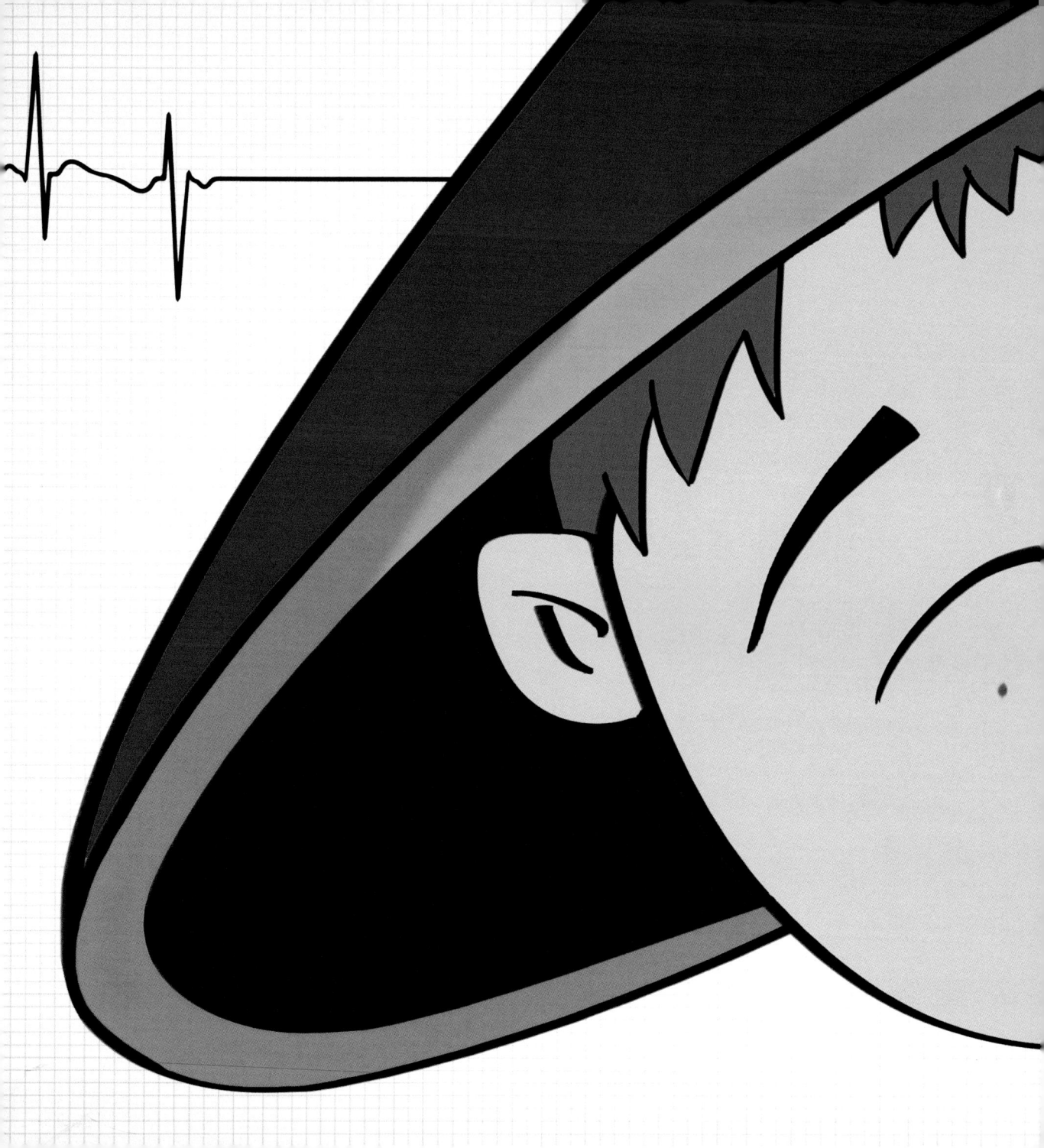

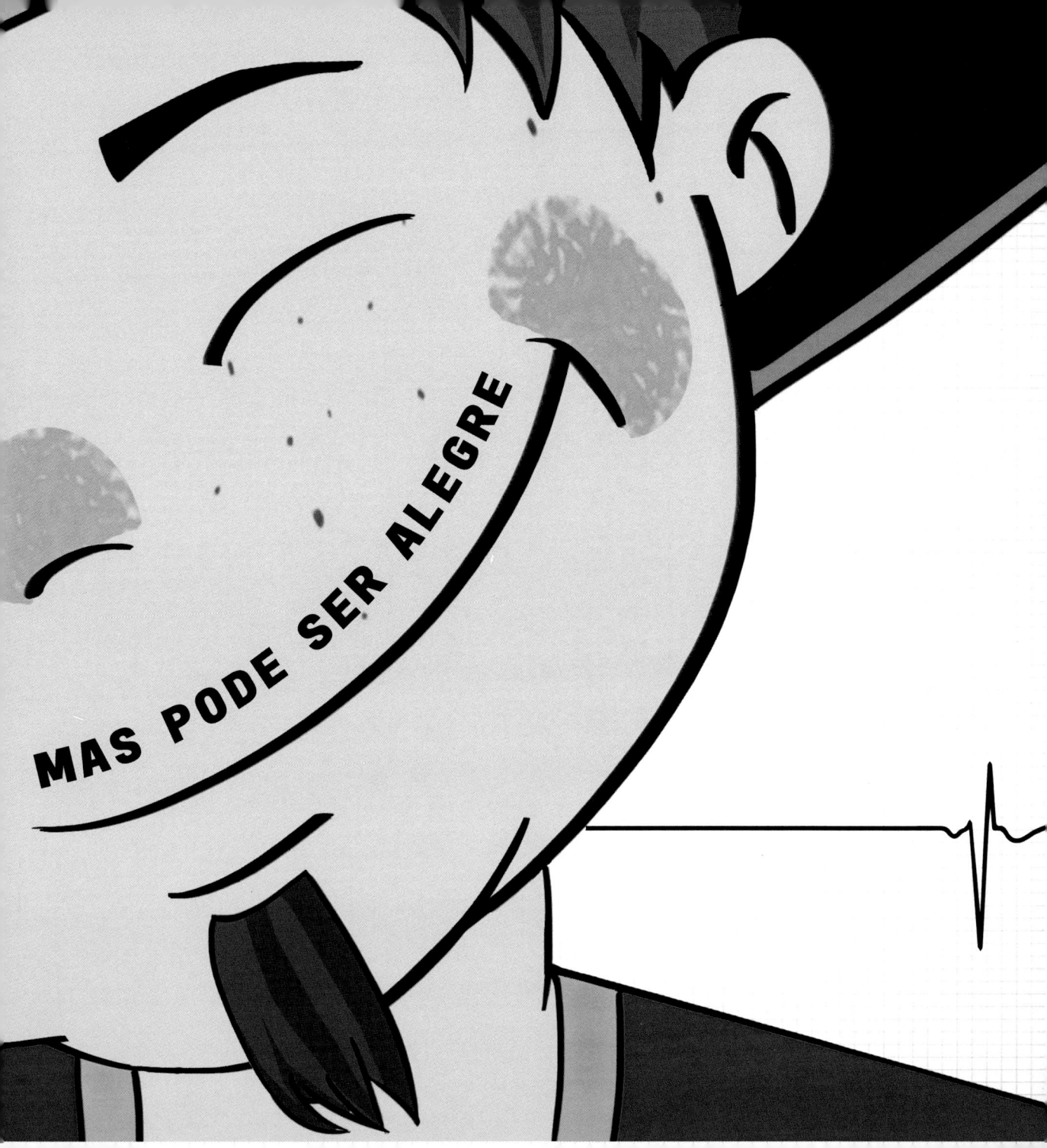

PODE SER COM DUAS MÃES

OU DOIS PAIS

A▶

JUNTE A COM B

A VIDA PODE TER

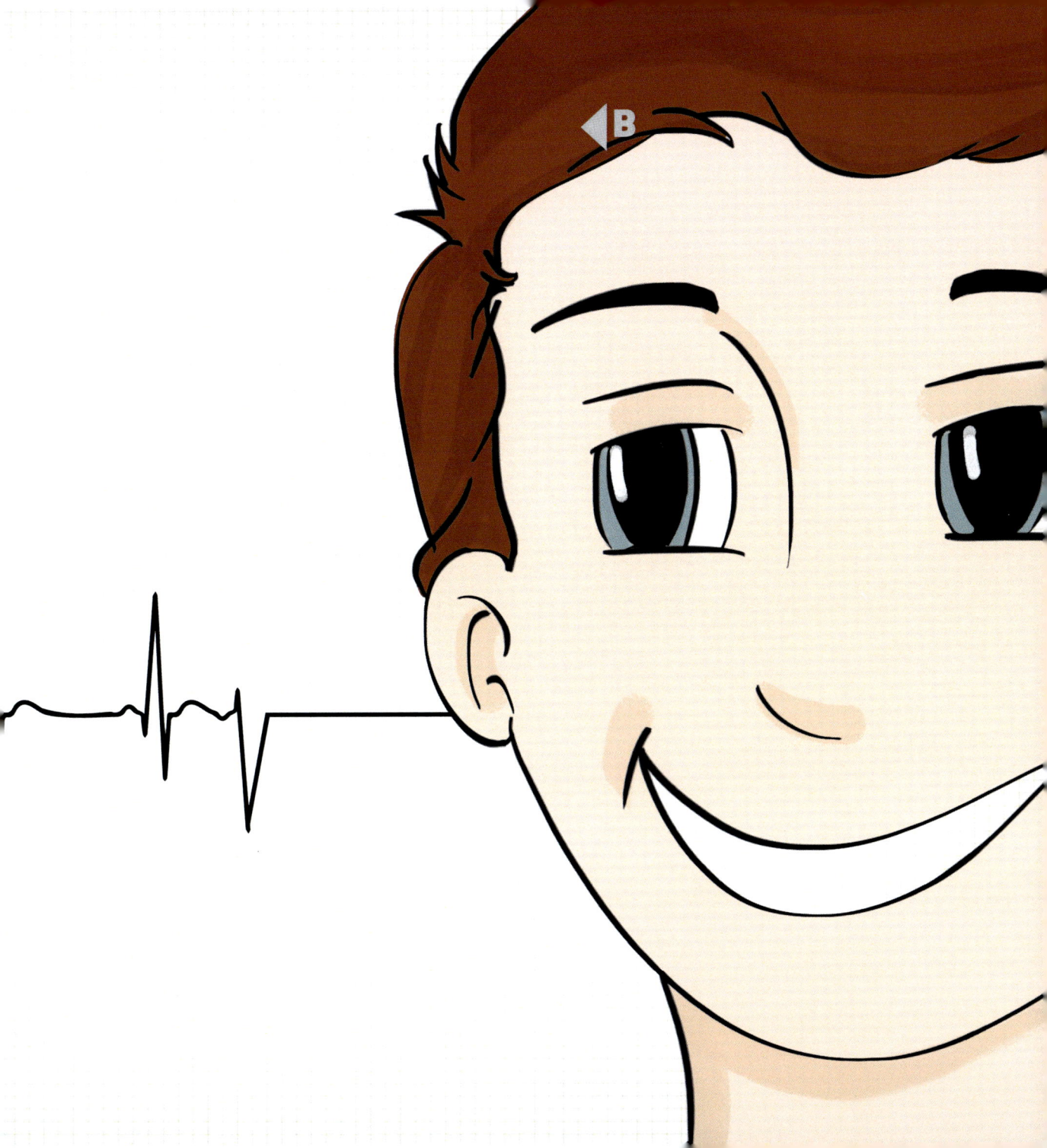

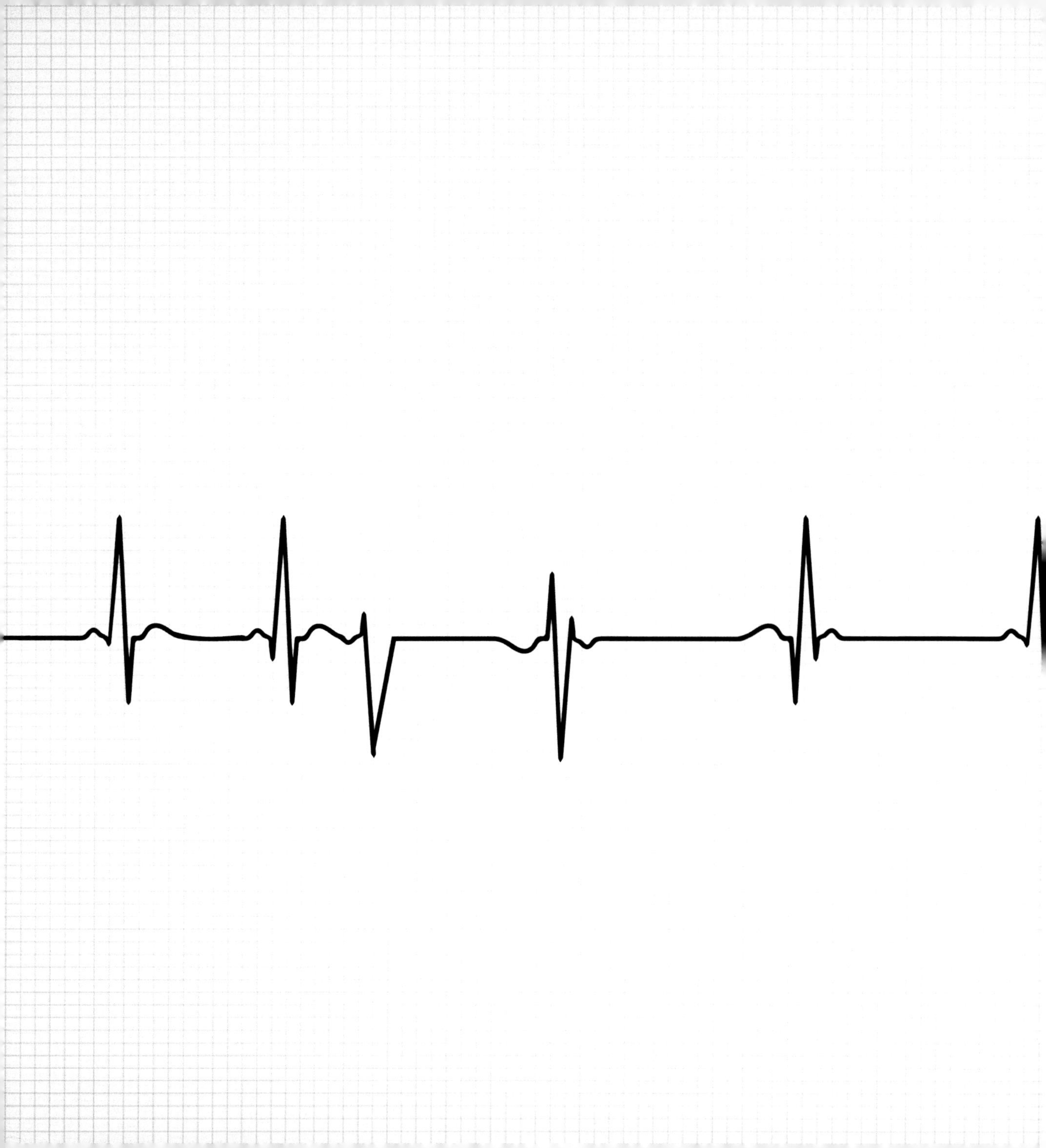

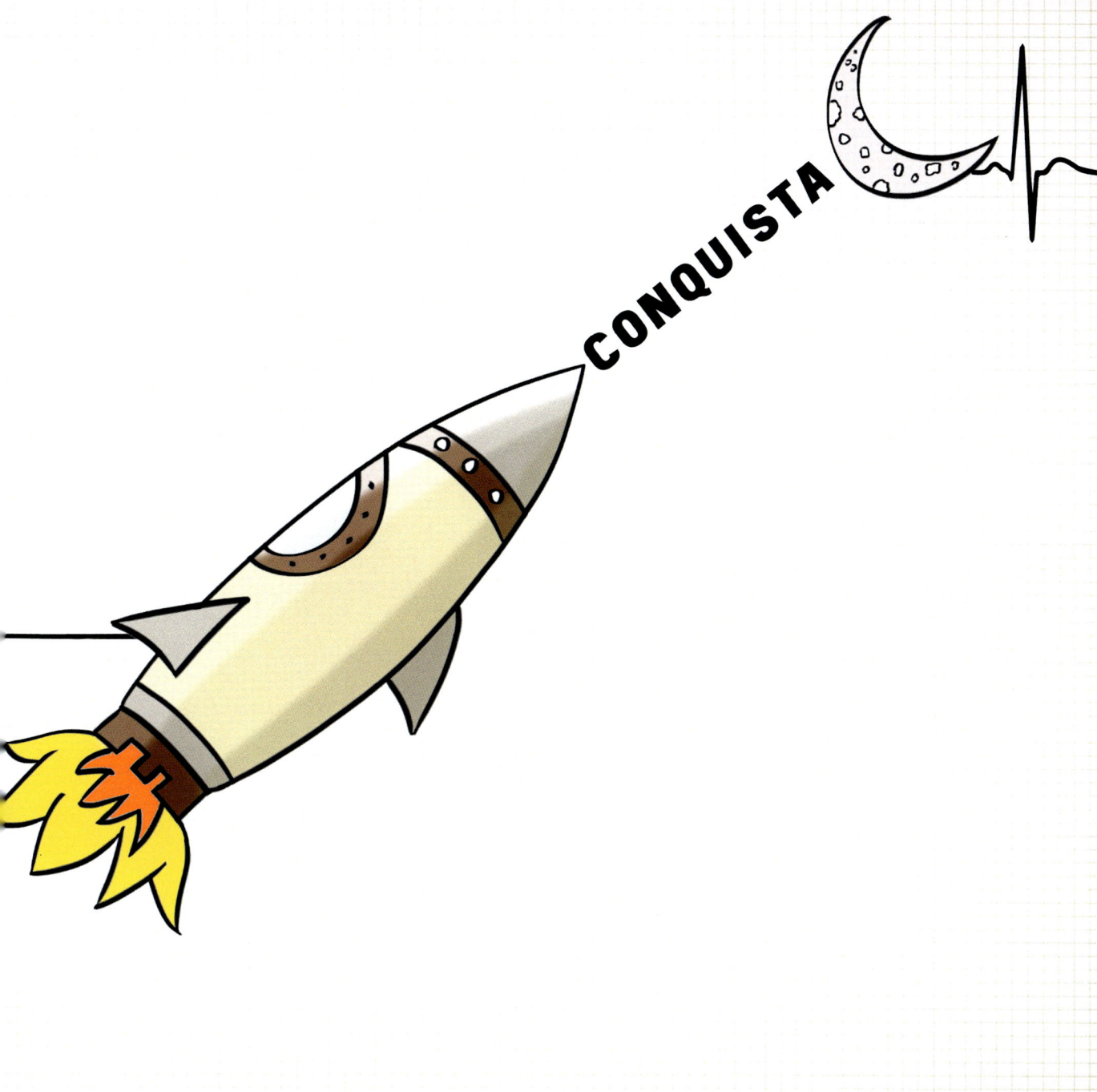

ERA UMA VEZ UMA CRIANÇA QUE ENTROU DENTRO DE UM LIVRO E DESCOBRIU VIDAS INCRÍVEIS!

MAS O MAIS LEGAL É QUE A

VIDA SERÁ SEMPRE

NEWTON CESAR
Autor-ilustrador

Formado em Marketing e Pós-graduado em Marketing Digital, Newton Cesar é escritor, publicitário, *designer* e ilustrador. Atuou em agências de propaganda, exercendo as funções de direção de arte e criação. Também se especializou em *design* editorial desenvolvendo projetos gráficos e capas de livros para editoras. Como escritor, publicou livros de ficção e de negócios.
Entre eles:

· É assim que eu sou;

· Tratamento especial;

· Um minuto;

· Bendito maldito;

· Eu, Beatriz e Angela;

· O mar e a escuridão;

· A morte é de matar;

· Corinthians, eterna paixão;

· Direção de arte em propaganda;

· Making of;

· Vitamina fotográfica;

· Os primeiros segredos da direção de arte;

· Do livro ao livro, a arte de escrever e publicar ficção.

Esta obra foi composta em Freeroad
e impressa em couché brilho 150g/m²
para a Saíra Editorial em 2023